LE PROGRAMME

DE

MONSIEUR LE COMTE DE PARIS

PAR

AUGUSTE BOUCHER

PARIS

LIBRAIRIE NATIONALE

104, AVENUE VICTOR-HUGO, 104

1887

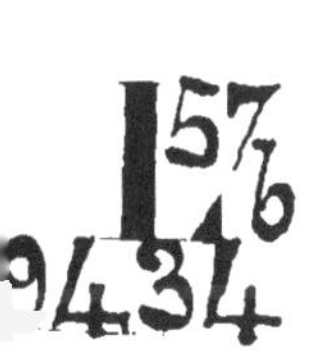

LE PROGRAMME

DE

MONSIEUR LE COMTE DE PARIS

PAR

AUGUSTE BOUCHER

PARIS

LIBRAIRIE NATIONALE

104, AVENUE VICTOR-HUGO, 104

1887

LE PROGRAMME

DE

MONSIEUR LE COMTE DE PARIS

Que, du fond de l'exil, un prince élève la voix, autrement que pour protester contre l'injustice de la fortune; qu'il fasse connaître à ses ennemis comme à ses amis, parmi les mille disputes du temps, tous les principes et tous les desseins de sa politique; qu'il conspire, sous la lumière même du soleil, avec la liberté d'une nation tout entière, avec son bon sens, avec son honneur : le spectacle est rare. Nous l'avons eu, le 15 septembre. Ce jour-là, Monsieur le comte de Paris a dit bien haut à la France ce que sera la Monarchie, quel roi il se promet et nous promet d'être. Il a publié le programme constitutionnel de son gouvernement; il l'a livré à la controverse des partis. Rien ne l'y obligeait et il l'a osé. Pourquoi? Parce qu'il l'a tracé, ce programme, après s'être bien demandé, dans une longue méditation, quels sont les goûts et les aspirations de notre race, les besoins réels de notre pays et, principalement, nos nécessités présentes. Or il a la confiance généreuse de n'offrir à la France, transformée comme elle l'est par les révolutions de ce siècle, qu'une monarchie qui s'accorde avec sa raison et qui la serve bien. Elle acceptera ou n'acceptera pas le programme de la Monarchie nouvelle; du moins lui, le comte de Paris, il ne l'aura pas trompée. Et, dans l'acte du 15 septembre, c'est cette loyauté hardie, c'est cette vigueur d'esprit et de caractère qui le grandissent tant aux yeux de la France. Elle a reconnu dans ce document si précis et si concis la supériorité d'un prince clairvoyant qui a étudié tous les problèmes de la société moderne et qui, ayant ses propres jugements, ses solutions, les indique nettement, prêt à commencer son œuvre. Il veut régner, il veut gouverner aussi bien que régner, il sait comment il gouvernera et il l'annonce, sans phrases vaines, sans déclamation, avec une franchise qui s'est habituée à n'avoir pas plus peur des mots qu'à s'en payer. Dans l'énergique auteur de cette Constitution, il y a un homme : la France l'a senti...

L'an dernier, le jour où la République l'expulsait de la patrie, Monsieur le comte de Paris déclarait qu'il représentait devant la France « la Monarchie, traditionnelle par son principe, moderne par ses institutions ». Cette monarchie, il vient de la définir. Plus d'équivoque, de malentendu. Ce n'est ni la Monarchie de l'ancien régime, ni celle du régime purement parlementaire; ce n'est ni une monarchie césarienne, ni une monarchie sous laquelle se déguise une république. Virilement, Monsieur le comte de Paris crée sa monarchie pour la France de 1887, comme Hugues Capet créait la sienne pour la France de 987 : une monarchie qui a une tradition et une Constitution; qui est héréditaire et nationale; qui confirme son titre par un vote; qui concilie le suffrage universel avec le droit monarchique et avec le droit parlementaire tout à la fois; qui mêle à la liberté l'autorité; qui fait à la démocratie, par l'égalité civile et politique, la place qu'elle veut occuper dans le gouvernement non moins que dans la société. Oui, certes, l'art avec lequel Monsieur le comte de Paris harmonise dans la Monarchie nouvelle le présent et le passé, en adaptant au principe de l'antique royauté les institutions de la France contemporaine, est un art audacieux non moins qu'ingénieux. La Royauté, dans ses grandes réformes, l'a pratiqué longtemps ou plutôt elle le pratiqua toujours; c'est le loisir seul qui lui en manqua vers la fin du dix-huitième siècle, ce ne fut pas la bonne volonté. Il y a parfois, dans la vie d'un peuple, des nécessités qui dominent la nécessité même d'avoir un gouvernement sous tel nom, sous telle forme, de préférence à un autre. On n'est un politique que si on sait les discerner. Monsieur le comte de Paris les discerne aujourd'hui et il accommode à ces nécessités invincibles le gouvernement monarchique qu'il constitue. Il a le sens de la réalité. Il n'est pas de ces faiseurs de lois constitutionnelles qui ne consultent que les livres ou qui n'écoutent que les théoriciens. On n'a pas eu à lui apporter les lois de Minos comme au jacobin Hérault de Séchelles. Il a recueilli les enseignements de notre histoire. Il a considéré son temps; il a regardé la France et, voyant ce qu'après tant de changements et de progrès, après tant de perturbations et de maux, la Monarchie peut et doit être, il a écrit son programme. *Novus ordo rerum.*

Des républicains qui estiment que le nom de l'Empire est le plus odieux de tous ceux qu'on puisse donner à un gouvernement, se sont hâtés d'assimiler le programme constitutionnel de Monsieur le comte de Paris au statut constitutionnel de Louis-Napoléon. « C'est la Constitution impériale de 1852 », s'est écrié l'un de leurs journaux, et tous les autres ont répété cette sentence non moins fausse que sommaire. Eh bien! il n'y a dans ces mots qu'une de ces formules plus ou moins savantes que les partis composent mensongèrement pour être confiées à la mémoire du populaire ignorant et crédule, qui ne les vérifie pas. Il est indubitable pourtant que la Constitution dessinée par Monsieur le comte de Paris ne ressemble pas plus à celle de 1852 qu'à celles de 1830 ou de 1814, ou de 1791. Louis-Napoléon, en 1852, établit le régime plébiscitaire : il ne veut pas seulement que sa Constitution soit ratifiée par un plébiscite; il décrète qu'il faudra un plébiscite pour la modifier; il se réserve « le droit de faire appel au peuple », quand il lui plaira. Il se déclare « responsable devant le peuple français ». Seul, il a l'initiative des lois; seul, il négocie les traités de commerce; seul, il choisit les personnages « qu'il juge convenable d'élever à la dignité de sénateur »; seul, il nomme les présidents et vice-présidents des Chambres; seul, il nomme les maires et il les prend, s'il le veut, « hors du conseil municipal ». Les ministres ne dépendent pas de lui; ils n'ont de responsabilité que devant lui; « point de solidarité entre eux »; ils ne peuvent pas être députés; le Parlement ne les interpelle pas. Quant aux Chambres, leur puissance législative est plus qu'inégale : le Sénat peut seul proposer une modification du statut constitutionnel; il a, par privilège, ses lois spéciales, les « sénatus-consultes », lesquels ne sont pas soumis au Corps législatif; il met les ministres en accusation; les pétitions ne s'adressent qu'à lui. Le Corps législatif ne jouit d'aucun de ces pouvoirs. Il vote l'impôt, il est vrai; mais il ne vote le budget que « par ministère », non par chapitres, et le gouvernement se réserve la faculté d'opérer des virements. Le Sénat n'a pas de séances publiques. Le Corps législatif n'a pas de tribune et peut « se former en comité secret ». Quoi d'analogue entre cette Constitution et celle de Monsieur le comte de Paris? Est-ce que le programme de Monsieur le comte de Paris énonce une seule loi constitutionnelle identique à celles-là? Que s'il sait, lui aussi, restreindre les abus du régime parlementaire, ce n'est pas avec la rigueur excessive de Louis-Napoléon. Il laisse à la nation un ensemble de libertés raisonnables et nécessaires que lui ôtait le dictateur de 1852, et, parce qu'il est plus libéral avec la démocratie, il est aussi plus équitable.

Jadis suspect d'un libéralisme presque républicain, aujourd'hui d'un despotisme tout césarien, Monsieur le comte de Paris a pourtant gardé la mesure. Son programme, c'est le plan d'une monarchie qui, intelligemment et fermement, fait à l'ordre et à la liberté leur part respective, leur juste part. D'un côté, c'est la volonté nationale proclamant la Monarchie, c'est le peuple tout entier signant le pacte qui unit la France et la Royauté; c'est le suffrage universel créant directement la Chambre; c'est l'élection instituant « en majeure partie » le Sénat; c'est le Parlement réglant le budget et contrôlant l'action des ministres; c'est la loi régnant également sur toutes les classes comme sur tous les partis; c'est la commune rurale choisissant son maire et le canton ses conseillers; c'est la liberté des cultes garantie; c'est la liberté d'enseignement assurée; c'est la liberté d'association accordée; c'est, dans toute notre société démocratique, le pouvoir accessible aux plus dignes; c'est le libre fonctionnement de toutes les institutions sociales qui protègent l'homme contre la misère ou le vice. Et, de l'autre côté, c'est la Monarchie donnant à l'État sa stabilité, au gouvernement la force, à la nation la confiance et la paix, par l'hérédité du pouvoir royal; par l'équilibre des pouvoirs parlementaires; par l'arbitrage que le souverain exerce entre les partis; par les précautions à l'aide desquelles il diminue le nombre et la gravité des crises, soit ministérielles, soit budgétaires; par la composition d'un Sénat qui représente tous « les grands intérêts de la société; enfin, par le commandement suprême et permanent de l'armée. Non, dans les conditions nouvelles de la France, Monsieur le comte de Paris ne pouvait mieux associer des principes que nos continuelles révolutions ont comme séparés ou que le génie violent de nos partis oppose obstinément l'un à l'autre; il ne pouvait mieux pondérer des éléments que rien ne semble plus retenir à leur place ou dans leur rôle. Aveugles, ceux qui le nient et qui ne voient pas avec quelle ferme sagesse Monsieur le comte de Paris a choisi son heure pour offrir à la France le programme d'une monarchie vraiment libérale et conservatrice, telle que le temps où nous vivons lui permettait de la faire. Cette heure, ce n'est plus celle où la République, orgueilleuse de sa popularité, se vantait de pouvoir durer éternellement et ce n'est pas encore celle où la République doit périr et où, en la maudissant, la France sera tentée de se livrer tout entière à l'homme qui la sauvera. Monsieur le comte de Paris engage sa parole et marque ses intentions avant cette heure-là, parce qu'il ne veut pas que la France prenne de ses mains une Constitution, dans la colère, dans le dégoût, dans cette désespérance qui dispose à la servitude les peuples désabusés de leur licence. Il y aura une réaction, le lendemain du jour où la République ne sera plus. Dès ce moment, Monsieur le comte de Paris la limite. D'avance, il fournit à la France inquiète le moyen de se décider entre une monarchie réparatrice, vigilante, honorable autant qu'honnête, et une dictature brutale, incapable ni de fixer sa puissance, ni de se survivre à elle-même.

Monsieur le comte de Paris veut un gouvernement qui

ne soit pas abusivement parlementaire. La leçon que « le parlementarisme républicain » inflige à la France n'est-elle pas une leçon aussi douloureuse que coûteuse à la République elle-même? Ce parlementarisme détruit comme à plaisir les ministères l'un après l'autre. Il empêche, à l'intérieur et à l'extérieur, toute espèce de politique rationnelle, logique, constante. Il abolit les lois si vite qu'elles n'ont plus le temps d'imprimer le respect. Il n'est pas dans l'État tout entier une institution qu'il ne menace de ruiner. Il se sert de la liberté pour l'oppression, pour la persécution. Il corrompt. Il a fait du Palais Bourbon un lieu de marchandage électoral. Il déshonore la tribune. Et puis, le suffrage universel a changé encore les conditions du régime parlementaire : il lui prête les forces d'une souveraineté capricieuse, exigeante, qui croit pouvoir s'arroger, devant le gouvernement, tous les droits et satisfaire, avec le gouvernement, toutes ses passions. L'histoire prouve que les Assemblées peuvent être aussi tyranniques qu'aucun roi ou empereur. La première République en eut une dont le despotisme sanguinaire effraye encore le monde. La troisième République en a une dont l'omnipotence s'est attribué, parmi les trois pouvoirs, la domination exclusive; et, dans cette assemblée omnipotente, c'est souvent une commission qui absorbe l'autorité. Ce parlementarisme, Monsieur le comte de Paris le corrige. Dans la Monarchie nouvelle, le roi n'est pas seulement pour régner, il gouverne avec le concours du Parlement. La responsabilité des ministres ne les met plus à la merci d'un seul des trois pouvoirs; ils sont responsables devant les trois pouvoirs également. Il ne faudra pas dire, avec certains libéraux, que c'est « supprimer la responsabilité ministérielle ». Non, on ne la supprime pas : on en élargit l'exercice, tout en le régularisant;

et, si le prestige des ministres s'accroît, parce qu'ils auront désormais moins à subir les assauts furieux d'une majorité uniquement mue par l'ambition d'un groupe ou d'un individu, la paix de l'Etat et de la nation n'en sera-t-elle pas plus grande? En vérité, nos libéraux pardonnent bien vite au « parlementarisme républicain » les crises dont la fortune publique ou privée a tant souffert, durant ces dernières années. Ils oublient que nous les entendions gémir, naguère encore, de la chute de ces ministres qui succombaient dans la Chambre, comme si la volonté du président de la République ou du Sénat était impuissante en leur faveur et que MM. les Députés fussent les seuls maîtres de leur destinée. Nous ignorons si M. Léon Say se fût plaint, au temps où il était ministre, d'être préservé, conservé dans son ministère par des lois constitutionnelles comme celles de Monsieur le comte de Paris. Mais nous ne pouvons pas croire que, pour reconnaître combien cette licence anarchique du parlementarisme est funeste à tous les intérêts, ils attendent la fin de l'expérience. Nous ne pouvons pas croire que, pour se réveiller de la trompeuse confiance de leur illusoire libéralisme, ils attendent le jour où le cheval d'un général Boulanger piafferait sur les marches du Palais Bourbon...

Les crises budgétaires, qui sont comme le mal chronique de notre régime républicain, veulent un remède non moins efficace. Le budget, deux ou trois fois remanié par tout le monde, n'est voté qu'à la dernière heure; le Sénat bâcle sa besogne budgétaire, après que la Chambre a fait la sienne, arbitrairement et à son aise; toutes les affaires sont en suspens; toutes les lois sont en question; on détruit toute une institution par la simple suppression d'un crédit; la commission du budget commande, les ministres abdiquent;

le budget n'est plus qu'une matière à harangues et à utopies, un instrument d'intrigues et de complots. Voilà pourquoi Monsieur le comte de Paris veut que le budget, « au lieu d'être voté annuellement », soit désormais « une loi ordinaire » et ne puisse être amendé « que par l'accord des trois pouvoirs ». Chaque année, « la loi de finances ne comprendra que les modifications proposées par le gouvernement au budget antérieur ». Deux journaux républicains constatent eux-mêmes que cette réforme a « séduit » le public [1]. Quoi d'étonnant? Une telle règle a dû lui paraître toute naturelle : elle lui est familière, ici, dans le ménage, là, dans la maison de commerce, ailleurs, dans le conseil d'une compagnie financière ou d'une société industrielle. Pour subsister, on a une certaine quantité de dépenses indispensables; on en calcule le total; c'est un budget irréductible; le fonds n'en variera pas; le reste seulement augmentera ou diminuera pendant l'année, selon notre bonne ou mauvaise fortune, selon le hasard et la chance. Il n'en est pas autrement pour l'État. Par la nature même des dépenses qui lui sont obligatoires, son budget est immuable presque en totalité. Ce qu'il lui faut pour l'armée, pour la marine, pour l'administration générale du pays, pour la justice et la police, pour les cultes, pour les travaux

[1] « D'où vient qu'on a été plus *séduit* par les avantages de cette solution que scandalisé du sacrifice qu'elle implique?... La cause en est simplement dans la manie de la Chambre de retarder le vote du budget, de mettre toutes nos institutions en question et en suspens par cette discussion même et surtout dans sa prétention de faire des réformes organiques par voie budgétaire. » (*Le Temps.*)

« On verra s'il n'y a pas lieu de prendre dans les Instructions du comte de Paris et de mettre en pratique l'idée qui consiste à considérer le budget comme un projet de loi ordinaire. C'est là une idée *séduisante*, d'autant plus que le budget est trop souvent un prétexte à discours, rien de plus. » (Le *Petit Journal.*)

de longue haleine, pour les affaires étrangères, pour le paiement de la dette, pour les pensions, pour la perception de l'impôt, est permanent dans sa nécessité. Quel patriote, quel honnête citoyen oserait, fût-ce aujourd'hui, refuser le vote total du budget, pour battre en brèche un ministère? Les douzièmes provisoires ne témoignent-ils pas d'eux-mêmes que, l'obligation de ce vote, les partis les moins scrupuleux ne se reconnaissent pas le pouvoir de s'y soustraire?

Naturellement, les républicains se sont récriés. Ils prétendent (ô bonne foi!) que Monsieur le comte de Paris « supprime la discussion du budget ». Si ce n'est pas une assertion perfide, c'est, au moins, une grave erreur. Les peuples libres ne paient l'impôt qu'après l'avoir consenti : voilà le principe. Les États-Généraux, en France, et les Communes, en Angleterre, n'en ont pas connu d'autre. Mais ni les États-Généraux ni les Communes n'ont jamais émis l'idée, professé l'opinion que, pour des dépenses permanentes et uniformes, il fallût absolument le vote annuel. Au contraire. Il y a, dans les pratiques financières du gouvernement anglais, un exemple qui justifie la réforme que Monsieur le comte de Paris médite. Les dépenses que le Parlement lui-même a « consolidées », celles qu'il ne vote plus annuellement, forment presque un tiers du budget. Supposez que l'Angleterre soit dans l'état géographique, militaire, politique et social de la France; supposez que son gouvernement ait besoin, lui aussi, d'une action vigilante et rapide, à l'intérieur et tout autour de sa frontière; supposez que le peuple anglais ait subi nos révolutions et nos défaites : nul doute qu'avec son patriotisme si sensé, avec son amour de l'ordre et de la simplicité, il ne « consolidât » ce budget tout entier, en réservant à son seul examen, à sa liberté, le vote annuel des crédits qui peuvent modifier le budget. Il est jaloux de l'emploi de son argent, le peuple anglais, mais devant ses députés non moins que devant ses ministres. Les députés n'ont pas le droit de proposer un crédit. « Il n'y a que les ministres, dit M. R. Palgrave, qui puissent demander de l'argent au pays; encore ne le font-ils qu'au nom de la Couronne [1]. » Mais Monsieur le comte de Paris arguerait tout aussi justement de l'exemple des républicains eux-mêmes. Ceux d'aujourd'hui ont réglé l'impôt du sang par une loi ordinaire qui fixe le chiffre du contingent, qu'un vote annuel déterminait jadis : réforme analogue, assurément, à celle que Monsieur le comte de Paris opère dans le budget. Quant aux républicains de 1848, ils jugèrent que « les impositions indirectes » pouvaient être « consenties pour plusieurs années » : leur Constitution le spécifia, comme l'avait spécifié déjà la Charte de 1814 [2]. De grâce donc, que les républicains d'aujourd'hui cessent leurs clameurs! Monsieur le comte de Paris ne reprend pas au Parlement le droit de consentir l'impôt, il n'en tempère que l'usage. Le Parlement composera lui-même, une première fois, le budget. Puis, annuellement, il débattra les crédits qui lui seront proposés par le ministère : il les augmentera ou les diminuera, selon son gré. De plus, il décidera de toute dépense nouvelle, de tout impôt nouveau. Quoi? n'est-ce pas là une puissance? N'est-ce pas la liberté? Son droit de refuser l'impôt, droit si souvent révolutionnaire, le Parle-

[1] *La Chambre des Communes*, par M. Réginald Palgrave, secrétaire général adjoint de la Chambre des Communes. *Revue d'administration*, août 1878.

[2] Les articles 16 et 17 de la Constitution du 4 novembre 1848 reproduisent l'article 49 de la Charte de 1814 :

« *L'impôt foncier n'est consenti que pour un an. Les impositions indirectes peuvent l'être pour plusieurs années.* »

ment ne pourra plus l'appliquer à la totalité du budget; mais, en ne s'exerçant que pour un crédit, pour une dépense nouvelle, pour un impôt nouveau, ce droit n'en gardera pas moins sa valeur morale, parlementairement. Un ministère auquel le Parlement aura refusé quelques millions sera censuré tout aussi bien que si le Parlement lui refusait des milliards. La différence, c'est que ce refus n'aura pas désorganisé l'État et mis la France à la gêne...

Voici, depuis le jour où Hugues Capet fut choisi comme roi de France, voici que la millième année a commencé. Le titre que Monsieur le comte de Paris tient d'une si longue suite de princes, n'a rien de vain pour un peuple dont les destinées ont tant changé depuis cent ans : il y a là un grand souvenir dont la gloire peut consoler son infortune; il y a là aussi comme une promesse du Dieu qui permit que cette famille de rois, la plus vieille de l'Europe, créât notre patrimoine national et plaçât la France au premier rang des nations. Par ce titre, Monsieur le comte de Paris se désigne de lui-même à la France pour devenir son roi : c'est la désignation de l'histoire. On peut ne pas refaire la Monarchie; mais on ne peut pas la refaire sans lui, pas plus qu'il ne veut ni ne peut, lui, la refaire sans la France. Personne de sa race, aucun des princes qui, avant lui, furent exilés pendant ce siècle, n'a jamais cru qu'il pouvait se passer du consentement de la France. Louis XVIII, sur son trône, disait que la France l'avait « rappelé »; Monsieur le comte de Chambord disait : « La parole est à la France. » Et quel royaliste voudrait qu'un doute planât sur la Monarchie, à son avènement? Quel royaliste voudrait laisser aux républicains la permission de nier ironiquement que la France ait consenti au rétablissement de la Monarchie? Que ce soit par un vote parlementaire ou par un vote populaire, il faut à la Monarchie la consécration nationale, non seulement pour renaître avec toute sa majesté, mais pour inaugurer son règne en paix. Sinon, dès la première élection, l'existence légale de la Monarchie serait sourdement la première dispute des électeurs, la première question du suffrage universel. Le vote, quel qu'il soit, qui proclamera roi de France Monsieur le comte de Paris, constituera le pacte, le contrat de la Monarchie et de la nation. Ce ne sera plus le pavois sur lequel le chef de la tribu franque était élevé dans son camp; ce ne sera plus l'assemblée qui, à Noyon, saluait roi Hugues Capet, comte de Paris, duc de France [1]; ce ne sera plus la cathédrale où, à Reims, on sacrait le roi. Ce sera la France entière déclarant, par la voix du Parlement ou par celle du suffrage universel, qu'elle accepte la Monarchie avec la royauté traditionnelle et constitutionnelle de Monsieur le comte de Paris. Les formes du consentement national auront varié; le droit sera resté le même. Que si c'est un plébiscite qui exprime l'acquiescement de la France, le droit aura été solennellement reconnu par la seule puissance que le parti impérialiste ou républicain juge souveraine, il sera désormais le droit vivant, et personne ne pourra contester la volonté nationale : le plébiscite aura servi de liberté suprême aux ennemis de la Monarchie pour la refuser. Le vote plébiscitaire n'est pas le régime plébiscitaire : c'est « un acte qui ne doit pas se renouveler ». Hugues Capet

[1] Les cris qu'on faisait entendre autour du roi, pendant la cérémonie du sacre, n'étaient que la répétition traditionnelle des acclamations qui saluèrent roi Hugues Capet, dans l'assemblée de Noyon. Le procès-verbal du sacre de Philippe Ier (23 mai 1059) constate que « les chevaliers et le peuple, les grands et les petits, s'écrièrent par trois fois d'une voix unanime : *Nous approuvons, nous voulons qu'il en soit ainsi.* »

eut le plébiscite de son temps. Monsieur le comte de Paris aura eu le sien. Il aura virtuellement ajouté au titre de la vieille Royauté un titre nouveau. Les Français qui, de toutes parts, se rallieront autour de lui, n'en seront que plus nombreux. Le pacte antique, le contrat primitif n'en sera que plus fort, et, sous cette couronne deux fois ceinte devant la France, il y aura toujours le Roi, n'en déplaise aux sophistes...

Ce programme royal a profondément ému la France. Il a profondément ému la République elle-même. Car Monsieur le comte de Paris a fait plus qu'affirmer qu'il voulait être « le Roi de tous » et « le premier serviteur de la France ». Son programme atteste la vérité de sa parole. Quelle abnégation vaillante! Quelle exacte connaissance de son temps! Quelle droiture! Quel amour des faibles et des opprimés! Quelle noble avidité de pacifier la France! Pas un parti qu'il n'appelle; pas un parti auquel il n'emprunte une ressource et n'apporte, avec une promesse, une garantie. Peut-être est-ce là l'un des principaux secrets de la colère et de l'effroi que les républicains manifestent. Moins juste, moins généreux et moins sage, moins propre à concilier tous les principes essentiels et tous les intérêts supérieurs de notre société, le programme de Monsieur le comte de Paris n'eût pas tant irrité les républicains. Ils ne se sont pas contentés vingt-quatre heures de sarcasmes et d'injures. Ils ont éclaté aussitôt en menaces violentes et, de jour en jour, ils s'affolent davantage. Monsieur le comte de Paris est prêt, ils le voient; il prépare la France à la Monarchie, ils le constatent; l'événement approche, ils ne peuvent s'empêcher de se le dire tout bas. Comment leur peur se vengera-t-elle d'elle-même? Comment vont-ils « sauver » la République? Leurs avis, leurs desseins sont singulièrement divers. Tandis que les modérés demandent des réformes libérales et douces, l'économie, la tolérance, « une somme toujours plus grande de stabilité et de sécurité », les radicaux veulent des réformes catégoriquement « démocratiques » ou plutôt révolutionnaires. Il faut « dissiper l'équivoque », plus « de compromission avec la droite! » s'écrient les amis de M. Clémenceau. « Il faut reconstituer l'Union républicaine! » répondent les amis de M. Rouvier. En attendant que la Chambre s'ouvre et que le ministère, docile aux uns ou aux autres, parle et agisse, les monarchistes connaissent leurs devoirs et ils les rempliront. Pourront-ils, à la Chambre, continuer la tâche et l'œuvre par lesquelles, cette année, ils ont si bien « mérité de la France conservatrice »? Ils ne le sauront qu'à l'heure même où ils se réuniront et où leurs mutuels renseignements, aussi bien que les nouveaux discours du ministère, les auront dûment instruits de la réalité des choses. Mais, dans le pays, ils ont leur programme, celui de Monsieur le comte de Paris, celui de l'idée monarchique; ils y dévoueront tous leurs soins, toute leur énergie. Monsieur le comte de Paris a élevé le débat; il a précisé la doctrine; il a imprimé à notre propagande une direction ferme et sûre. Répandons autour de nous, dans tous les cœurs et dans tous les esprits, cette notion lumineuse de la Monarchie nouvelle. Monsieur le comte de Paris a éclairé la volonté nationale. C'est à nous maintenant de la susciter et de la tourner tout entière vers notre espérance, la Monarchie!

23 septembre 1887.

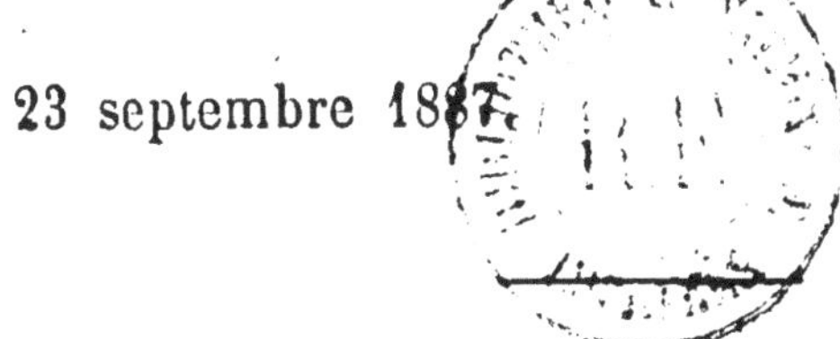

LE PROGRAMME

DE

MONSIEUR LE COMTE DE PARIS

ET LES APPRÉCIATIONS DES JOURNAUX

Le Soleil.

Discutez les chances du rétablissement de la Monarchie tour à tour avec un théoricien, avec un électeur des villes, avec un électeur des campagnes. Le théoricien vous dira : La Monarchie se conciliera-t-elle avec la démocratie? L'électeur des villes vous dira : La Monarchie maintiendra-t-elle le suffrage universel? L'électeur des campagnes vous dira : Quand il y aura un roi, est-ce que nous continuerons à voter?

Sous trois formes différentes, c'est la même question. La réponse est nette et péremptoire. Non seulement le suffrage universel est maintenu, mais un rôle capital lui est réservé dans le rétablissement de la Monarchie. C'est avec lui que la royauté conclut le pacte fondamental. Elle traite, soit avec les représentants du pays, soit avec le pays directement consulté. L'ordre de choses nouveau est voté par une Assemblée constituante ou ratifié par un plébiscite.

Dans la Monarchie ainsi rétablie, le roi n'est pas un roi fainéant. Nous avons dit souvent ce que nous pensons de la maxime : Le roi règne et ne gouverne pas. Ce n'est pas là une formule monarchique : c'est au contraire une formule employée sinon contre la Monarchie, du moins contre le monarque, par M. Thiers, alors chef de l'opposition. La vraie formule de la Monarchie constitutionnelle est celle-ci : Le gouvernement se compose du Roi et des deux Chambres.

Nous ne pouvons pas terminer ces courtes réflexions sans dire un mot du souffle généreux qui anime d'un bout à l'autre le document. Chaque ligne est inspirée des plus nobles sentiments : l'amour de la patrie, le respect de la justice et de la dignité humaine, la sympathie pour les faibles, pour les humbles, pour tous ceux qui ont besoin d'être défendus.

Le parti monarchique sera orgueilleux de son chef. Les républicains eux-mêmes pourraient lui dire ce que l'opposition disait à un homme d'État anglais : nous vous combattons, mais nous sommes fiers d'un adversaire comme vous.

Le comte de Paris a toujours eu des titres au respect de ses compatriotes : il a maintenant des droits à leur confiance. (Edouard HERVÉ.)

L'Autorité.

Ceci est plus qu'une parole, c'est un acte et un des actes les plus considérables de l'histoire de France. La vieille Monarchie se transforme et devient, sous le baptême de la démocratie, une monarchie moderne, ajustée à tous les besoins nouveaux de ce temps. Il n'y a plus maintenant deux solutions pour sortir de la République, deux solutions qui se combattaient et se partageaient la masse conservatrice; il n'y en a plus qu'une puisque c'est la même, et quoiqu'il y ait encore deux princes pour la représenter, désormais la question des principes est réglée. Reste la question de personne; elle n'existe pas : on ira sans hésiter à celui qui sera le plus tôt prêt, car la France n'a plus le temps d'attendre. Le gouvernement des républicains proscripteurs doit être content. Grâce à l'exil, l'union des conservateurs est faite dans les idées. Ce qu'on croyait impossible est réalisé, le reste n'est rien. C'est le coup le plus terrible que la République ait jamais reçu, elle ne s'en relèvera pas. (Paul DE CASSAGNAC.)

Le Gaulois.

Les instructions qu'on vient de lire ont l'éloquence d'un acte. Hormis de monter sur le trône, Monseigneur le comte de Paris ne pouvait en accomplir un plus décisif. Jamais la Royauté n'a parlé un langage plus formel. Celui en qui s'incarne le principe de la tradition historique qui a fait la France, vient déchirer les voiles, dissiper les doutes et les équivoques. Il dit à ses amis pour que ceux-ci le redisent sans relâche au pays tout entier : la Monarchie est la condition forcée du salut. Voici ce que sera la Monarchie et voici comme elle peut et doit être rétablie aisément et sans secousse.

Que deviennent en présence de ce programme les tergiversations du solutionnisme et les compromis chers au centre-gauche. Que devient la plate-forme de l'impérialisme prétendant réserver pour lui le monopole de l'autorité et de la démocratie? Monseigneur le comte de Paris vient de démontrer que la Monarchie traditionnelle, appropriée aux besoins modernes, saurait être énergique comme l'Empire et, sans méconnaître la tradition qui est le principe même, ne craignait point de la faire sanctionner par le suffrage universel directement consulté. Monseigneur le comte de Paris n'a rien oublié dans ce document qui le fera connaître enfin tout entier au monde. Il serait trop long si c'était un manifeste; on s'étonne qu'il puisse être si court quand on récapitule tout ce qu'il embrasse, tout ce qu'il résout, tout ce qu'il prévoit dans cette espèce de guide du royaliste à travers les difficultés du temps présent. Monseigneur, vous avez magnifiquement fait votre devoir et tracé le leur aux royalistes de France. A ceux-ci maintenant de servir de leur mieux le premier serviteur de la France et d'en faire bientôt « le roi de tous ». (H. de Pène.)

La Gazette de France.

Se dégageant des incidents de la politique journalière, rendant justice aux intentions sans se laisser égarer sur les résultats, le Prince élève la question et, en face de la République impuissante et stérile, il oppose la Monarchie avec son principe de stabilité, ses traditions de grandeur, son programme d'autorité protectrice de tous les droits et sauvegarde de toutes les libertés.

Il se réclame du passé avec ses gloires, montre le présent avec ses tristesses et fait entrevoir l'avenir avec toutes ses perspectives de relèvement et d'honneur. Il sait quelles transformations les mœurs et les usages ont introduites dans l'ordre social, quelles garanties réclame le pouvoir pour être exercé dans la plénitude de son indépendance, quels justes et légitimes soucis d'égalité civile, de liberté de conscience, de contrôle financier subsistent au plus profond du cœur de cette nation, et, tenant compte de toutes ces aspirations et de tous ces besoins, il trace un programme de gouvernement qui garantit tout ce qui est juste et donne assurance de protection à tous les intérêts méritant d'être reconnus et respectés.

Il s'adresse à la France, et lui tient un ferme et noble langage digne d'elle comme nation, digne de lui comme dépositaire du principe fondamental de la Monarchie, comme Représentant du droit historique et héréditaire.

C'est un appel à tous les dévouements, à toutes les énergies, à tous les bons citoyens et bons Français; il sera entendu et compris. Tous nous pourrons, avec le Représentant de la Monarchie, avec ce Serviteur royal de la Patrie, travaillant à l'œuvre commune du relèvement national, mériter, Dieu aidant, de nouvelles et glorieuses destinées pour la France et lui rendre son rôle traditionnel et historique dans le monde. (Charles Dupuy.)

Le Figaro.

Les Chartes de 1814 et de 1830 n'avaient eu pour objet que d'organiser le gouvernement représentatif dans notre pays, tandis que le programme du 15 septembre, embrassant des horizons beaucoup plus larges et se trouvant en face du suffrage universel, vise à organiser la société tout entière, telle qu'elle est sortie, avec ses idées, ses mœurs et ses aspirations, d'un siècle agité de démocratie.

Après avoir étudié longuement en Angleterre et en Amérique les conditions de la vie moderne, Monsieur le comte de Paris a compris la nécessité de rajeunir la politique, en l'adaptant avec vaillance aux intérêts et aux besoins des temps nouveaux; et, malgré la prudence de certains conseillers, il n'a pas hésité à se poser résolument, lui, le représentant de la tradition et du droit ancien, en homme de son époque, accessible à toutes les aspirations de la société moderne. Il n'a peur ni des « nouvelles couches », ni du suffrage universel, ni de la liberté; il ne recule ni devant les mots, ni devant les choses, et, avec une loyauté égale à son courage, il expose tout le mécanisme, tous les détails de son gouvernement futur.

C'est là la grande nouveauté et la grande hardiesse de l'acte mémorable qui émeut en ce moment la France entière. Jamais, jusqu'ici, on n'avait vu un prétendant révéler ainsi son programme du fond de l'exil et le soumettre d'avance par le menu aux méditations et aux disputes de tous. C'est le lendemain de leur avènement et en pleine possession du pouvoir que les princes divulguaient leur Constitution, sauf à demander au peuple la ratification du fait accompli. Monsieur le comte de Paris, au contraire, a voulu mettre la France en mesure de le connaître d'abord et de le juger avec réflexion — noble confiance qui fait autant d'honneur à son esprit qu'à son patriotisme. — Cette fois, du moins, il n'y aura aucune surprise, et c'est en parfaite connaissance de cause que, l'heure venue, pourra se prononcer la France. (Ph. de Grandlieu.)

Le Français.

Après avoir montré la République toujours impuissante à donner au pays le repos, la sécurité, la confiance en lui-même, tout ce qui lui manque pour reprendre le cours de ses nobles destinées, Monsieur le comte de Paris, représentant de cette Monarchie traditionnelle dont il invoque avec une si légitime fierté les origines et les bienfaits, rappelle une fois encore à la France qu'il n'y aura pour elle de relèvement et de salut que dans un retour, librement voulu, au principe qui fit autrefois sa prospérité et sa grandeur.

Ce n'est pas le premier appel que Monsieur le comte de Paris adresse à son pays, mais il a voulu, cette fois, faire plus qu'il n'avait fait jusqu'ici, et d'une main ferme et sûre il a tracé tout un programme de gouvernement, dont la netteté et la précision frapperont tous les esprits.

Il y a une prétendue habileté qui consiste à toujours se taire de façon à laisser à chacun le droit de supposer ce qui lui plaît le mieux; il y en a une autre qui consiste à parler pour ne rien dire. Ces habiletés, Monsieur le comte de Paris les dédaigne, il dit hautement ce qu'il croit et ce qu'il veut, il se montre tel qu'il est, il se livre tout entier.

Quelle éclatante réponse à ceux qui s'en allaient disant que Monsieur le comte de Paris avait compris qu'il n'y avait pas de conciliation possible entre la Monarchie et notre société, telle que l'ont faite quatre-vingts ans de révolution, qu'il acceptait comme irrémédiable la chute de la royauté, qu'il avait renoncé à jamais régner ! (O. DEPEYRE.)

Le Moniteur universel.

Ce que le Manifeste ne dit pas, et ce que nous pouvons ajouter, sans crainte d'être démenti par personne, c'est que le Prince, appelé par la volonté nationale à rétablir la Monarchie sur notre vieille terre de France, y apporterait les plus hautes, les plus fortes, les plus nobles qualités que puisse posséder un chef de gouvernement.

Nous sommes habitués depuis dix ans à voir ceux qui dirigent nos destinées faire, à nos dépens, l'apprentissage du gouvernement. Monsieur le comte de Paris n'aurait rien à apprendre de ce que doit savoir un chef d'État.

Sa vie tout entière n'a été qu'une préparation à cette haute et difficile mission. Le Prince qui a volontairement voué son ardente jeunesse aux sévères études d'où le beau livre sur les *Trade's Unions* est sorti ; le Prince qui a consacré, dès cette époque, sa forte intelligence à l'étude des questions ouvrières ; qui a traversé l'Atlantique, quelques années plus tard, pour aller apprendre, au péril de sa vie, sur les champs de bataille de l'Amérique l'art de conduire les armées, ce Prince n'a travaillé jusqu'ici qu'en vue de devenir, comme il le dit lui-même, avec une simplicité touchante, le premier des serviteurs de la France.

Tous ses efforts ont tendu vers ce but unique, et les bons citoyens, les hommes sans parti pris qui liront ce Manifeste si élevé, si profond, si désintéressé, diront, en leur âme et conscience, s'il y est parvenu. Nous attendons leur jugement avec une patriotique confiance. (Louis JOLY.)

Le Monde.

Ceux-là seulement refuseront de comprendre ce qu'il y a de noble et de fécond dans ce programme de la Monarchie future, que la passion sotte ou d'inavouables mobiles emprisonnent dans la formule républicaine. Les cœurs droits et sincères seront éclairés par ce langage, empreint d'un si ferme bon sens, d'un patriotisme si élevé, d'une connaissance si approfondie de la situation présente et des solutions qu'elle comporte; les indécis seront entraînés; les craintifs seront rassurés.

Nous savions que Monsieur le comte de Paris était disposé à entreprendre la grande et lourde tâche qui lui incombe. Il prouve qu'il est capable de la mener à bien. Il établit, il proclame les principes nécessaires de l'ordre social et politique; il démontre qu'il se rend compte de toutes les conditions actuelles. Le régime dont il trace les grandes lignes puisera dans la tradition cette force nécessaire que la tradition peut seule conférer; mais il donnera satisfaction à toutes les aspirations modernes, dans ce qu'elles ont de juste.

La Monarchie ne sera pas plus un retour vers un passé qui n'existe plus, vers un passé qui ne peut ni ne doit revivre, qu'elle ne sera un expédient d'aventure, un abri provisoire qui serait sans solidité parce qu'il serait sans fondement. (A. DE CLAYE.)

La Défense.

Comment un Prince qui expose avec tant de netteté et de hardiesse ce qu'il veut, envisage-t-il le rôle du pouvoir civil vis-à-vis de l'Église? Trois mots le résument : Protection des cultes, ce qui entraîne le respect des ministres des cultes, — liberté de l'éducation chrétienne, — liberté des associations religieuses.

Nous sommes ici sur le terrain politique où, suivant une distinction bien connue et bien comprise, la thèse qui détermine ce qui est le vrai absolu, doit faire place à l'hypothèse qui expose le vrai possible. Or, cette observation faite, il n'est pas douteux que la paix religieuse serait rétablie par les mesures que le Manifeste indique et qu'il deviendrait loisible à l'Église catholique, débarrassée des angoisses qui l'étreignent, de poursuivre dans le domaine des âmes ses conquêtes pacifiques.

C'est au bon sens de la France que Monsieur le comte de Paris confie cette manifestation de ses hautes pensées; le jour où notre nation entendra cet appel, elle sait quelle intelligence et quelle volonté seront à son service dans le *Roi de tous, dans le premier serviteur du pays.* (J. AUFFRAY.)

Le Matin.

J'imagine qu'on ne dira plus que la Monarchie future sera la continuation de la République actuelle.

Un roi gouvernant effectivement; des ministres responsables devant lui, aussi bien que devant la Chambre et le Sénat, c'est-à-dire, ayant leur sort soustrait aux fantaisies et aux cupidités basses des députés; une Chambre nommée par le suffrage universel, mais maintenue à son rang par un Sénat où seront représentés les grandes forces et les grands intérêts sociaux; un budget, c'est-à-dire, une loi de finance ressemblant aux autres lois, durant autant qu'elles, ne pouvant pas être modifiée sans le concours de ceux qui votent les lois, mais ne servant plus, chaque année, d'arène aux vaines discussions et d'arme aux révoltés : voilà le mécanisme politique fondamental de la Monarchie future.

Et il suffit de le rapprocher, ce mécanisme, par la pensée, de ce que nous avons à l'heure actuelle, pour voir que, dans sa puissance et sa simplicité, il n'a rien de commun avec la machine rudimentaire et révolutionnaire, dans les grossiers rouages de laquelle nous sommes en train de laisser notre vie nationale.

Donc, ce Manifeste prouve que la Monarchie future ne ressemblera en rien à la République actuelle. Donc, le roi veut régner, et il ne nous gouvernera pas comme nous sommes gouvernés à présent.

Voilà les deux raisons pour lesquelles le Manifeste de Monseigneur le comte de Paris le grandit devant le peuple français. Voilà pourquoi ce manifeste est bon.

Ah! qu'en face de ce résultat énorme qui a consisté à montrer à la France qu'elle avait un roi, paraissent petites, mesquines, méprisables, les critiques de détail dirigées contre un pareil document! (J. CORNÉLY.)

La Correspondance nationale.

Certes, la Monarchie qu'il institue ne ressemble entièrement à aucune de celles qui se sont succédé sous les yeux de nos pères ou de nos contemporains; pas plus que les époques ne se ressemblent l'une à l'autre. Mais, en faisant à la France nouvelle une Monarchie nouvelle, Monsieur le comte de Paris n'est-il pas fidèle à la tradition même de nos rois? Comme lui, chacun d'eux prenait sa tâche, non dans le passé, mais dans le présent. Attentive à tous les grands changements qui travaillaient la société, la Royauté modifiait ses institutions, sans altérer son principe; elle adaptait avec une « merveilleuse souplesse » son organisation aux nécessités de chaque siècle. Nouvelle, la Monarchie de Hugues Capet; nouvelle la Monarchie, tour à tour, avec Louis le Gros, avec saint Louis, avec Charles V, avec Louis XI, avec François Ier, avec Henri IV, avec Louis XIV, avec Louis XVIII, avec Louis-Philippe. Et si, d'âge en âge, la Monarchie n'a pas cessé de se transformer, comme la société, ce fut avec une grandeur croissante qu'elle présida, pendant son règne tant de fois séculaire, à cette continuelle transformation de la civilisation française.

Il y a un rêve que, depuis le commencement de ce siècle, de bons Français auront fait bien souvent. C'est de voir nos querelles les plus irritantes s'apaiser sous la loi d'une Monarchie largement réparatrice et la France reprendre le travail de ce passé glorieux où, à travers toutes les variations de sa fortune, elle allait toujours grandissant dans le monde. Quels miracles la France accomplirait encore, si, sûre de sa paix intérieure, elle n'avait plus qu'à rivaliser avec ces vieilles monarchies qui, autour d'elle, s'occupent énergiquement, tout en perfectionnant leurs institutions, à étendre, à fortifier, à illustrer la nationalité des peuples dont elles sont les gardiennes! Combien vite elle compenserait tant de richesses follement prodiguées, tant de sang vainement répandu, tant de gloire tristement obscurcie! Eh bien! ce rêve, elle peut le réaliser avec Monsieur le comte de Paris. Oui, elle le peut, elle en est libre, elle n'a qu'à vouloir. (Auguste Boucher.)

INSTRUCTIONS

DE

MONSIEUR LE COMTE DE PARIS

AUX REPRÉSENTANTS DU PARTI MONARCHISTE EN FRANCE

A de graves périls a succédé un calme apparent. L'honneur en revient principalement aux monarchistes de la Chambre. Ils ont, en effet, compris que leur rôle était déterminé par leur nombre même. S'ils n'étaient qu'une faible minorité, ils devraient se borner à d'énergiques et incessantes protestations. S'ils étaient la majorité, ils auraient à prendre la responsabilité du pouvoir. Mais, assez nombreux pour peser d'un juste poids sur les décisions de l'Assemblée, la direction des affaires n'est cependant pas entre leurs mains. Ils ne doivent donc s'occuper aujourd'hui que de défendre les intérêts conservateurs et la fortune publique, sans aggraver les crises parlementaires dont la République donne le trop fréquent spectacle. C'est ce qu'ils ont fait avec un rare patriotisme dans une récente et mémorable circonstance. Ils ont ainsi bien mérité de la France conservatrice.

Mais ce calme apparent dissimule mal les périls de l'avenir. Les considérations électorales qui dominent une Chambre, elle-même toute-puissante, stérilisent tous les efforts tentés pour rétablir l'ordre dans les finances. L'instabilité du pouvoir exécutif isole la France en Europe. La tranquillité matérielle est à peine assurée. Partout la faction triomphante opprime le reste des citoyens. Personne enfin n'a confiance dans le lendemain.

Cette situation impose d'autres devoirs aux monarchistes dans le pays. N'étant pas liés devant la nation comme ils le sont dans le Parlement, par un mandat limité, ils ont une tâche plus large à remplir. Ils doivent montrer à la France combien la Monarchie lui est nécessaire et combien le rétablissement en serait facile. Ils doivent la rassurer sur les dangers imaginaires de la transition, lui prouver que cette transition peut s'effectuer légalement. En vain le Congrès a-t-il proclamé l'éternité de la République. Ce qu'un Congrès a fait, un autre peut le défaire et le jour où la France aura manifesté clairement sa volonté, aucun obstacle de procédure n'empêchera la Monarchie de renaitre.

Toutefois, instruit par une triste expérience, le pays croit peu aux transformations légales et régulières de son état politique. Son histoire, malheureusement, lui fournit trop de raisons de prévoir une de ces crises violentes qui semblent avoir pris dans notre vie nationale un caractère périodique. Si une telle crise se produit, la Monarchie peut et doit en sortir. Mais elle ne l'aura pas provoquée. La crise sera l'œuvre de certains républicains, soit que les passions et les souffrances populaires, exploitées par des ambitions criminelles, amènent des troubles civils, soit qu'une faction politique ait recours à la force pour s'emparer du pouvoir suprême. Le jour où la légalité aura été violée, la Monarchie apparaitra comme l'instrument nécessaire du rétablissement de l'ordre et le gage de la concorde.

Mais il est bon que la France sache d'avance ce que sera cette Monarchie. Le moment est favorable pour le lui dire, pour l'avertir qu'elle ne marquera pas un retour en arrière. Il faut lui montrer que le principe de la tradition historique, avec sa merveilleuse souplesse, peut s'adapter aux institutions modernes; qu'il apportera au gouvernement de notre société démocratique l'élément pondérateur qui manque sous le régime républicain, et qu'il jouera dans cette société un rôle non moins efficace que dans les vieilles monarchies européennes, qui se sont pacifiquement transformées.

Si la Monarchie capétienne a constitué l'unité et développé la puissance de la France à travers toutes les vicissitudes de notre longue histoire, c'est qu'elle a eu pour origine de sa grande mission un véritable pacte national, pacte conclu aux premières heures de cette histoire entre ceux qui représentaient alors la France naissante et la famille dont le sort devait rester uni au sien dans la mauvaise comme dans la bonne fortune. Pour fonder après tant de révolutions un gouvernement dont la base soit plus ferme et plus large qu'une simple prise de possession du pouvoir ou une délégation de la souveraineté du nombre, il faut faire revivre la tradition historique par un accord librement consenti entre la nation et la famille dépositaire de cette tradition. Cet engagement réciproque consacrant le droit historique et liant, comme tous les contrats, les générations futures, peut seul garantir à la fois la stabilité dont la France a besoin pour reprendre son rang en Europe, et la vraie liberté qui est surtout la protection des faibles.

Ce pacte ancien sera remis en vigueur, au nom de la France, soit par une Assemblée constituante, soit par le vote populaire. Par cela même qu'elle est inusitée sous la Monarchie, cette dernière forme est plus solennelle et peut mieux convenir à un acte qui ne doit pas se renouveler. Elle permet de donner sans retard une assise solide à la Constitution. Un gouvernement porté par l'opinion publique comme le sera la Monarchie le jour de son avènement, n'a rien à craindre de cette consultation directe de la nation.

⁂

C'est au suffrage universel direct que doit appartenir le choix des députés. Grâce à son origine antique et à son établissement nouveau, la Monarchie sera assez forte pour concilier la pratique du suffrage universel avec les garanties d'ordre que lui demandera le pays dégoûté du parlementarisme républicain. Le pays voudra un gouvernement fort, parce qu'il comprend très bien que même le véritable régime parlementaire, celui qui, sous la Monarchie, a jeté tant d'éclat de 1815 à 1848, n'est pas compatible avec une Assemblée élue par le suffrage universel. Il faut modifier le mécanisme pour l'adapter à ce nouveau et puissant moteur. Sous la République, la Chambre gouverne sans contrôle. Sous la Monarchie le roi gouverne avec le concours des Chambres.

A côté de la Chambre des députés, une autorité égale appartiendra au Sénat, en majeure partie électif, et qui réunira dans son sein les représentants des grandes forces et des grands intérêts sociaux. Entre ces deux Assemblées, la royauté ayant ses ministres pour interprètes, pouvant s'appuyer sur l'une ou sur l'autre, sera éclairée, guidée, mais non asservie. Il suffira d'une modification de nos pratiques parlementaires pour maintenir cet équilibre et prévenir toute domination exclusive de l'une ou l'autre Chambre. Le budget, au lieu d'être voté annuellement, sera désormais une loi ordinaire et ne pourra, par conséquent, être amendé que par l'accord des trois pouvoirs. Chaque année, la loi de finances ne comprendra que les modifications proposées par le Gouvernement au budget antérieur. Si ces propositions sont rejetées, tous les services publics ne seront pas suspendus et les intérêts privés compromis, comme par le refus du budget. Et, cependant les vrais principes constitutionnels seront scrupuleusement respectés, car aucun nouvel impôt ne pourra être établi, aucune dépense nouvelle ne sera décidée sans le consentement des élus de la nation.

A ces élus reviendra également la tâche de discuter librement toutes les questions qui intéressent le pays, d'écouter toutes les protestations que pourra soulever l'action gouvernementale. Si ces protestations sont légitimes, ils en seront les premiers interprètes et l'adhésion de l'autre Assemblée ne leur fera pas défaut. Mais un caprice de la Chambre des députés ne pourra plus, à l'improviste, paralyser la vie publique et la politique nationale.

La Monarchie devra rétablir l'économie dans les finances, l'ordre dans l'administration, l'indépendance dans l'exercice de la justice. Elle devra relever pacifiquement notre situation en Europe, nous faire respecter et rechercher par nos voisins. Les ministres qui la serviront dans cette grande entreprise, ne sauraient en poursuivre la réalisation avec persévérance s'ils ont la crainte de voir leurs efforts interrompus par un simple accident parlementaire. Ils se sentiront affranchis de cette crainte le jour où ils seront responsables, non plus devant une seule Chambre omnipotente, mais devant les trois pouvoirs investis de la puissance législative. Ainsi, les Députés, ne pouvant plus élever ou renverser les ministères, n'exerceront plus cette influence abusive qui est aussi funeste pour l'Assemblée que pour l'administration.

***

Les Constitutions ne valent que par l'esprit dans lequel elles sont appliquées. La France le sait bien. Il importe donc, avant tout, de la convaincre que la Monarchie nouvelle saura satisfaire à la fois ses besoins conservateurs et sa passion de l'égalité.

Sous la protection du gouvernement monarchique, la France pourra recouvrer, dans la paix et le travail, sa prospérité d'autrefois. Grâce à la confiance inspirée par la solidité de ses institutions, elle aura l'autorité nécessaire pour traiter avec les puissances et poursuivre l'allègement simultané des charges militaires qui ruinent la vieille Europe au profit des autres parties du monde.

La Monarchie accordera à tous les cultes la protection qu'un gouvernement éclairé doit aux croyances qui consolent l'âme humaine des misères terrestres, élèvent les cœurs et fortifient les courages. Elle garantira au clergé le respect qui lui est dû pour l'accomplissement de sa mission. En restituant aux communes, dans le domaine des choses scolaires, l'indépendance qu'une législation tyrannique leur a ravie, elle rendra à la France la liberté de l'éducation chrétienne. Elle assurera aux associations religieuses, comme aux autres, la liberté qui deviendra, sous certaines conditions d'ordre public, le droit commun de tous les Français, au lieu d'être, comme aujourd'hui, le privilège d'un parti. Ainsi sera rétablie la paix religieuse qu'une politique intolérante a si profondément troublée.

La Monarchie mettra les traditions militaires à l'abri des fluctuations de la politique en donnant à l'armée un chef incontesté et immuable. La permanence du commandement au sommet aura pour conséquence la solidité de la discipline à tous les degrés de la hiérarchie.

La stabilité de son gouvernement lui permettra de s'appliquer avec suite à l'étude des problèmes que soulève la condition de nos populations laborieuses des villes et des campagnes, de poursuivre l'amélioration de leur sort et d'adoucir leurs souffrances. Loin d'exciter les unes contre les autres les différentes classes qui concourent à produire la richesse nationale, elle s'efforcera de les réconcilier et d'amener ainsi la pacification sociale.

Dans notre société en transformation, une courte période de seize années a vu surgir, depuis le hameau jusqu'à la capitale, ce que les républicains ont appelé « les nouvelles couches ». Des hommes nouveaux sont arrivés en grand nombre à conquérir une part d'influence qu'ils ne possédaient pas encore. Ils l'auraient acquise sous tout autre gouvernement, car ce progrès légitime de leur condition est le fruit des bienfaits de l'instruction et de la lente ascension qui, à travers les siècles de notre histoire, a rapproché les différentes classes de la société. Mais ils croient la devoir à la République. Ils continueront à en jouir, il faut qu'ils le sachent, sous l'égide de la Monarchie. Le maintien du suffrage universel pour toutes les fonctions actuellement électives et de la nomination des maires par les conseils municipaux dans les communes rurales, sera leur principale garantie.

De même, les modestes serviteurs de l'État qui ont gagné leur situation par leur travail ne seront pas menacés parce qu'ils la tiennent de la République. Si, d'une part, toutes les victimes de la persécution républicaine sont assurées de recevoir l'ample réparation qui leur est due, d'autre part les exploiteurs et les indignes qui avilissent leurs fonctions auront seuls à redouter l'avènement d'un pouvoir honnête et juste.

La Monarchie ne sera pas la revanche d'un parti vainqueur sur un parti vaincu, le triomphe d'une classe sur une autre classe. En élevant au-dessus de toute compétition le dépositaire du pouvoir exécutif, elle fait de lui le gardien suprême de la loi, devant laquelle tous seront égaux.

Que dès aujourd'hui tous les bons citoyens, tous les patriotes dont le régime actuel a déçu les espérances, compromis les intérêts, blessé la conscience, se joignent aux ouvriers de la première heure pour préparer le salut commun ! Qu'ils secondent les efforts de celui qui sera le Roi de tous et le premier serviteur de la France !

PARIS. — E. DE SOYE ET FILS, IMPRIMEURS, 18, RUE DES FOSSÉS-SAINT-JACQUES.

www.ingramcontent.com/pod-product-compliance
Ingram Content Group UK Ltd.
Pitfield, Milton Keynes, MK11 3LW, UK
UKHW020437220726
13923UKWH00005B/2192

9 782016 158890